PAPOS DE ANJO

Sylvia Orthof

Papos de Anjo

5ª EDIÇÃO

EDITORA RECORD
RIO DE JANEIRO • SÃO PAULO
2004

CIP-Brasil. Catalogação-na-fonte
Sindicato Nacional dos Editores de Livros, RJ.

O88p
5ª ed.
    Orthof, Sylvia
       Papos de anjo / Sylvia Orthof; ilustrações
de Tato. – 5ª ed. – Rio de Janeiro: Record, 2004.

       1. Literatura infanto-juvenil. I. Tato
(ilustrador). II. Título.

87-0737
       CDD – 028.5
       CDU – 087.5

Copyright © 1987 by Sylvia Orthof

Direitos exclusivos desta edição reservados pela
DISTRIBUIDORA RECORD DE SERVIÇOS DE IMPRENSA S.A.
Rua Argentina 171 – Rio de Janeiro, RJ – 20921-380 – Tel.: 2585-2000

Impresso no Brasil

ISBN 85-01-03143-7

PEDIDOS PELO REEMBOLSO POSTAL
Caixa Postal 23.052
Rio de Janeiro, RJ – 20922-970

Sumário

SEVERINO E SEU CHAPÉU 9
MIRÁCULO-VERÍDICO 15
SIMPLESMENTE UM BOLO 23
PAPOS DE ANJO 31
PASSANDO A FERRO 37
UM GUARDA-CHUVA NO PARQUE 43

PARA ELIANE GANEM,
com admiração, carinho... e aquele chope que ambas não bebemos!

Explicação do chope:
Uma vez, eu estava matando saudades de Eliane Ganem pelo telefone. Conversa vai, conversa vem, Eliane propôs:
— Sylvia, que tal a gente marcar um encontro, tomar um chope e botar as novidades em dia?
Respondi que era uma ótima idéia. Continuamos a papear e, na hora da despedida, confessei:
— Eliane, eu não bebo álcool, nem chope...
— Eu também não, Sylvia!
Danamos de rir: nós duas, mulheronas feitas, com vergonha de marcar encontro para um suquinho de laranja, fazendo "pose de chope"! Pois é, adolescência é isso: não tem idade.

SEVERINO E SEU CHAPÉU

Meu chapéu por um reinado,
pelo reinado do céu.
Ai, meu Deus, Jesus Cristinho,
ajuda eu!

Pois ele tinha um chapéu. Muita gente tem um chapéu, e até tem muita gente que não tem chapéu, mas Severino tinha um chapéu fantástico.

Cada dinheirinho que Severino ganhava, lá na feira de Maceió, era reservado, em grande parte, para o seu chapéu.

E nas festas de fim de ano, Severino se apresentava e cantava, batendo com os pés. As fitas esvoaçavam... e a cabeça de Severino usava, com grande pompa, orgulho e distinção, o seu chapéu.

No início, o chapéu era mais comum, meio igual aos outros. Mas o tempo foi passando, e Severino economizava para o chapéu.

Na verdade, Severino continuava muito pobre, vendendo docinhos na feira. Vez por outra, levava umas blusas de rendendê, tecidas por Madalena, sua mulher. As blusas faziam sucesso, sobretudo para as gringas turistas do Rio e de São Paulo.

Madalena reclamava:

— Eu faço renda pra enfeitar o chapéu de Severino! Às vezes passamos necessidade, que vida de pobre é isso... Mas podia ser mais fácil, se não fosse o chapéu! Tudo o que ganho vai pro chapéu!

Severino tomava um trago, tomava outro, mais um, que era pra esquentar do frio, ou pra esfriar do

calor. Depois, ia ensaiar pra festa.
Maceió foi deixando de ser um lugar desconhecido, virou atração turística. Madalena vendia que vendia rendas, as mãos doídas, os olhos cansados de prestar atenção aos fios.
Ganhava-se um dinheirinho a mais. Severino, por causa do chapéu, guardava toda sobrinha e comprava espelhos, contas, vidrilhos.
As danças de fim de ano viraram de ano inteiro, pra turista ver, enquanto comia sururu. E Severino, com seu grupo, fitas, cores e o chapéu de Severino, que tinha um feitio de igreja, capelinha de espelhos.
Passou-se mais um ano. Severino já não vendia nada no mercado, mas bebia umas pinguinhas a mais, pru mode dançar melhor. E colocou mais três fileiras de vidrilhos no chapéu, mais espelhos.
No final, todo turista tinha que ir ver o chapéu de Severino, ali, no meio dos outros chapéus-capelinhas, os palhaços, o compasso de fitas e cores. O chapéu de Severino já não era capela, era uma igreja, uma catedral. Pois Severino, tudo que ganhava, metade era pra pinga, metade pro chapéu... e Madalena que não se arrependesse de ter casado com ele, o mais famoso chapéu de Maceió!
O nome da dança? E isso interessa? Era folclore, chapéu e Severino, espelhando.
— Espelho, espelho meu, existe no mundo um chapéu-catedral mais reluzente do que o meu?
E o chapéu de Severino virou cartaz de turismo.
Naquele dia, pra comemorar, Severino, em frente do cartaz, bebeu uma garrafa inteira. Será que foi uma inteira? E qual o tamanho da garrafa? E eu sei? Só sei que Severino abusou, caiu e dormiu, bem debaixo de um coqueiro.

Na manhã seguinte, quando acordou, deu por falta do chapéu.

— Um ladrão levou meu chapéu!

Nunca houve tristeza maior em toda Maceió! Ninguém achou o chapéu de Severino, que continuou a beber, a beber... e acabou se metendo num caminhão pro sul, largando Madalena, que fazia rendas.

Severino prometeu:

— Madalena, vou trabalhar no Rio de Janeiro; lá eu ganho um sustento melhor, depois a gente arruma a vida, volto a construir um chapéu. Disseram que no Rio tem pagamento melhor. Vou trabalhar de ajudante de pedreiro, que disso sei um pouquinho e o motorista do caminhão garantiu.

Mas no Rio não foi tão fácil. Até que Severino arranjou o emprego e trabalhava em obras. A cachaça ajudava a esquecer.

Severino contou do seu chapéu para os colegas. Mas riram dele, zombaram. Aí Severino encheu a cara, bebeu, saiu pela avenida Rio Branco, virou para a direita, deu com a igreja da Candelária. Estava toda iluminada. Severino entrou e caiu de joelhos:

— Obrigado, Jesus Cristinho!

Depois, Severino olhou em volta e disse para as paredes douradas da igreja:

— Puxa, chapeuzinho, como você cresceu! Benza-o Deus!

MIRÁCULO-VERÍDICO

Onde começa a verdade?
E a mentira, onde acaba?
Abracadabra!

Fadas e bruxas são personagens de contos infantis? Nem sempre, isso eu garanto. Porque estou lendo um livro cheio de mistérios, encantamentos, coisas do tempo do rei Arthur, aquele da távola redonda, pois é. E foi por causa do livro que, assim, nesta tarde de chuva petropolitana, peguei no telefone e liguei pra minha amiga Yeda. A gente ficou num tititi, numa conversa sem fim, nem começo... e de repente, perguntei pra ela se ela sabia de uma erva encantada que fizesse as pessoas dizerem a verdade verdadeira. Yeda, que tem um jeito peculiar de soltar cintilações pelos olhos, olhou assim para a minha voz, através do telefone, e eu tive a visão. Naquele momento, entendi que Yeda era uma fada, casada com um duende chamado João.

Aliás, foi por isso, naturalmente, que Yeda conseguiu me olhar através do telefone e chegou mesmo a me entregar, de súbito, pelo fio do telefone sem fio (credo!) um pequeno embrulhinho cor de açafrão, amarrado com um barbante violeta. O embrulho trazia um envelope e, dentro dele, uma espécie de bula, escrita em letras góticas, que dizia:

   CHÁ MIRÁCULO-VERÍDICO
  (manter longe do alcance dos velhos)
Fórmula:
10 pingos de orvalho matinal

2 faíscas de sol
Extrato de alfablídeos
Aromatizante verdadeiro de artifícios frugais
Camomila vegetabilis

Precauções:
Nunca ingerir em festas familiares.

Atenção: este chá, cujos três últimos ingredientes não trazem a quantidade usada (por motivo de sigilo e para evitar possíveis falsificações), foi confeccionado por mãos duendes, muito habilidosas, numa pequenina casa situada nas montanhas. O farmacêutico responsável chama-se João da Yeda.

Indicações:
Para pessoas debilitadas pelo extenuante convívio social hipócrita das reuniões da classe média ascendente, onde é obrigatório o uso de uísque escocês, salgadinhos, conversas sobre o socialismo que todos mentem desejar etc.

Tomar três gotas antes da reunião, de preferência com o estômago cheio. Não misturar com bebida alcoólica.

Contra-indicações:
— Pessoas hipertensas, alcoólatras, políticos em geral, gagos, mulheres na menopausa etc.

Este chá, por suas propriedades mágicas, dá um toque de originalidade a qualquer reunião melancólica, tornando-a altamente peculiar.

Naquele dia, eu estava convidada para um jantar que prometia ser dos mais aborrecidos. Resolvi, pois, com um certo receio, experimentar a poção. Confesso que estava com medo, pois não costumo me envolver assim, sem mais nem menos, nos perigos sedutores das magias. Por via das dúvidas, tomei um copo de leite morno antes, para ingerir o chá com o estômago cheio, conforme receitava a bula.

Quando acabei de tomar o líquido, que tinha um sabor de hortelã com baunilha, o telefone faiscou estrelas. Compreendi que eram os olhos de Yeda, que me viam telefonicamente, através dos poderes fadais e duendísticos.

Botei um vestido estampado, sapatos de verniz, chamei um táxi e fui para o jantar.

Logo ao apertar a mão da dona da casa, senti um choque elétrico e ela disse:

— Ai! Você está com eletricidade estática!

Percebi que as propriedades do chá passavam de mim para os outros, através do aperto de mão.

De repente, fui apresentada a um casal:

— Muito desprazer em conhecê-los!

— Igualmente! Já ouvi falar horrores da senhora! — me responderam.

Serviram o eterno uísque. Um convidado tomou o primeiro gole e exclamou:

— Mas que gosto de iodo! Você não tem vergonha de colocar uísque nacional em garrafa escocesa, Felisberta?

— E você pensa que vou gastar meu rico dinheirinho com um cafajeste como você? — respondeu Felisberta, sorrindo amavelmente.

Serviram o jantar, e todos se atiraram em cima de duas galinhas assadas, que sumiram num instante. Sobrou somente a farofa. Uma senhora aproveitou a maionese da salada de batatas e passava no rosto da vizinha dizendo:

— Maionese é ótimo para suas profundas rugas, Marieta!

A copeira entrou, passando a língua sobre o pudim, sem a menor cerimônia, enquanto meu vizinho beliscava com força o braço do filhinho da anfitriã, um garotinho de cinco anos, dizendo:

— Mas que menino horrorosinho!

— Seu jantar estava péssimo! — elogiou uma senhora, dirigindo-se à dona da casa.

— Obrigada, mas o seu, na quarta-feira que passou, estava bem pior! — respondeu madame, acrescentando que era uma chateação ter que reunir toda aquela gente na sua casa, mas foi por insistência do idiota do marido.

— Ora, eu disse para você, querida, que era necessário convidar esta corja porque esta gente aí pode me ajudar a conseguir mais votos para a minha campanha eleitoral. Preciso ser reeleito, ainda não roubei o bastante para me aposentar, minha odiada esposa!

Nisso, foi servido o café.

— Esta xícara está com cheiro de barata! — exclamei, sorridente.

O telefone tocou. Era para mim. Fui atender e ouvi uma risadinha.

— Quem fala? — perguntei.

— É o duende João. Acabou o encantamento, saúde!

E o telefone desligou-se, soltando uma estrela que virou coruja, e que piscava, piscava sumindo pela janela aberta.

— Foi tudo perfeito! — disse uma senhora, despedindo-se.

— Agradeço demais a sua amável presença, você está linda neste vestido! — retrucou a anfitriã.

— Mas o seu cafezinho tem um sabor maravilhoso! — menti.
Tinha terminado a magia, ninguém se lembrava das verdades acontecidas e faladas. Foi uma reunião encantadora...

P.S. — Acabei de ler, pelo telefone, este conto pra Yeda. Ela disse que gostou. Será que tomou o chá antes de responder... ou não?

SIMPLESMENTE UM BOLO

Quem tudo dá
tudo perde?
E o bolo, pra quem fica?
Ai, erva daninha de vida,
plantinha de tiririca!

Descrevê-lo, assim, como um retrato? Mas eu não sou retratista, nem sei contar das realidades absolutas. Se acontecesse um crime, se a polícia me perguntasse:
— Ei, você que andou por ali e esteve com o dito cujo, ele usa bigode?
Pois é, não sei dizer se alguém usa bigode. Minha memória fotográfica é nula. Nem sei do vestido que fulana usava ontem, na festa.
Mas tudo isso não vem ao caso, pois, às vezes, lembro bem demais.
Houve uma festa, é verdade. Faz tantos anos, e ele já era velho e havia resolvido reunir várias pessoas, ali, naquele soberbo local. É de mau gosto dizer soberbo local? Também acho. O lugar era de mau gosto, pois era intrinsecamente um hotel cinco estrelas. Todos os hotéis cinco estrelas, se espremidos, soltam um suco de piscinas esverdeadas e frigobares uisquentamente escoceses. Tem gente que diz que conhece o mundo, pois viajou pelas capitais, adentrando-se nos cinco-estrelas. O mundo, visto assim, do lado do mau-gostismo soberbo, tem um sabor de dólar, que é o passaporte internacional.
Fui para o hotel, com minha mala comprada na Sears, ali da Praia de Botafogo. Comprei a mais baratinha, ou melhor: as mais baratinhas, mas que tives-

sem um ar de primeira classe turística. Cor pardo-esverdeante.
Tive que me arrumar para a festança do aniversário, antes da viagem. Costume cinza, ou marrom? Melhor um bege, com sapatos no mesmo tom, e um casaco preto grosso, que serve para dia e noite. Não é possível deixar de levar o vestido preto e o colar de pérolas falsas. Algumas echarpes, o broche que foi da minha avó, um bom corte nos cabelos.
Nada mais infecto do que ter que parecer rica, ali no cinco-estrelas onde eu fora convidada para o aniversário.
Quando cheguei, um vento frio me adentrou a alma. Foi por um rápido instante, os pés gelados, inverno europeu e minhas solas finas dos trópicos.
Todo cinco-estrelas antigo tem um candelabro vetusto, e este não fugia à regra. Meu apartamento estava reservado, e preparei a gorjeta na mão suada, sem saber que quantia dar para o empregado que carregava as malas. Dei demais, pois o agradecimento foi efusivo. Com isso, selei a minha condição de falsa rica. Os ricos não esbanjam.
No quarto, a cama enorme, com coberta de plumas, edredom, é assim que se diz. Guardei as roupas no armário, tomei um banho fumegante no banheiro de mármore, mas não consegui ver o meu rosto nos espelhos embaciados.
O velho parente, em breve, mandaria chamar. Não tinha vindo ao meu encontro no aeroporto. Mas o apartamento estava reservado.
Fiquei deitada sobre a cama, e de repente o telefone tocou. Era ele.
— Às oito da noite, no *hall* do hotel, para o jantar — ordenara o chefe convidador. Tentei uma conver-

sação, mas ele foi rudemente direto e respondeu apenas:
— A gente se fala depois, detesto telefones.
Vesti o vestido preto. Na loja, parecera bem. Agora, no meio daquela mobília enroscada, fazia o gênero pobre, porém decente.
Cinco para as oito, desci. Deus me livre, não posso atrasar! Mas o que será que vim fazer aqui, me sentindo como um peixe fora do meu mar interior?
O chefe esperava, ou não seria ele? Como sempre, custei a reconhecer a imagem. Estendeu-me a mão e disse:
— Olá.
Várias pessoas em volta da mesa: uns primos que moravam no Canadá. Eu conhecera a mulher, em priscas eras. Agora, casada, parecia longinquamente esnobe, com aquela minúscula piteira negra, como seus cabelos lisos, em coque. O marido era alto e corpulento, bebia muito. Ao lado, a neta do chefe, num mutismo total, sorvia um coquetel de frutas. Do outro lado do chefe, uma escandinavamente loura figura, num vestido de renda turmalina. A velha gorda, que parecia ter um bigode. Agora me lembro: a velha tinha bigode, mas o chefe, não. Às vezes, lembro bem.
Começou o jantar. O grupo falava uma mistura de inglês com francês e alemão. Diziam da viagem de cada um e da beleza do salão de jantar do hotel. O chefe, de repente, bateu com o punho na mesa e gritou:
— Chega de tanto blá-blá-blá! Vamos escolher o que querem para jantar.
Garçons apresentavam cardápios, o *maître* comandando, tudo num clima de ansiedade. Escolhi frango, ou ia escolher, já não tinha fome, queria algo leve e frugal. Mas o chefe ordenou, repentinamente:
— Vai ser peixe grelhado, *sole*, para todos. Estão demorando demais.

Todos sorriram amarelo e comeram o linguado, enquanto o chefe dizia que, no dia seguinte, à noite, seria a festa de aniversário, com os amigos reunidos. O dia seria livre, que cada um se fizesse independente. A velha de bigode insinuou que patinar no gelo seria um bom programa para os mais jovens, mas ninguém se mostrou muito interessado. Assim, com um beijo de boa-noite, meu velho parente mostrou um pequeno sinal amistoso para comigo. Depois, me olhou de modo irônico, sorriu e perguntou:

— Quantos filhos você tem mesmo?
— Nenhum, não sou casada.
— Isso não é motivo — falou o velho parente.

A bigoduda deu uma risada fina, que não combinava com o bigode. Aliás, ela não tinha bigode, era somente uma penugem ruiva.

— Amanhã vá ao barbeiro! — ordenou o chefe para a velha.

Risinhos nervosos. A esnobe canadense perguntou onde poderia comprar perfumes franceses, mas não obteve resposta. Fomos dormir.

Ao deitar, no meu travesseiro, encontrei um bilhete: "Compre um vestido decente para a festa amanhã... você não fica bem de preto."

No envelope, uma quantia em dinheiro que daria para comprar uma dúzia de vestidos.

Tive vontade de chorar, mas resolvi enfrentar a situação com espírito esportivo. No dia seguinte, saí e comprei um vestido de seda grená.

E aconteceu a festa de aniversário, o bolo, a mulher que tocava harpa. Houve discurso do canadense. Entreguei um presente que o chefe nem olhou, nem agradeceu. Mas na hora de ir dormir, novamente um lampejo de ternura, e o beijo de boa-noite.

Isso aconteceu há muitos anos. Depois, a cada aniversário dele, ele não convidava mais, mas mandava, através de um portador, de uma firma no Rio com a qual mantinha relações comerciais, um bolo de chocolate para mim. Era o seu bolo de aniversário.

Eu o queria como a uma pessoa muito especial, misto de pai e ditador, amigo e cúmplice de pequeninos gestos carinhosos, entremeados de palavras rudes de mau humor. Como defini-lo? Não sou retratista e nem posso imaginá-lo no caixão, como aconteceu na semana passada. Sua morte chegou com pompa. Eu me senti órfã e calei a tristeza. O tempo nos habitua com as despedidas, e nem chorei ao saber do acontecido. Mas senti uma saudade, um adeus...

Aí chegou o dia que seria do seu aniversário. A campainha tocou. Era o emissário de sempre, empregado daquela firma. Trazia o bolo.

Tive uma crise de choro, não abri o embrulho. Entreguei tudo ao rapaz, dizendo:

— Jamais poderei comer este bolo. É seu.

O emissário ainda insistiu, mas eu entreguei o embrulho para ele e fechei a porta.

E depois? Se o emissário tinha bigode? Não sei, sou péssima retratista, tenho uma memória visual astigmática.

Soube que o emissário saiu da firma, deixou de ser empregadinho e comprou um iate. Foi o que me contaram.

Qual teria sido o recheio do bolo? Estaria recheado de dólares?

PAPOS DE ANJO

Benefício, malefício,
papo de anjo, doçura,
perdi, em chás, o meu tempo,
mas valeu a intenção:
engrossei minha cintura,
em prol da vida futura
da realeza celeste.
Ai, peste!
Fui madame bem vestida,
comi docinhos e salame,
se alguém for pro inferno...
não reclame!

Lá estavam as mesinhas preparadas, com toalhas de organdi engomado. Cada mesa tinha cinco lugares, para o chá das cinco. Só que aquele começava às três. No centro de cada mesinha, um buquê de flores do campo, para combinar com o local, uma casa de veraneio.
Época: verão.
As senhoras vinham chegando, nos seus vestidos estampados e de cores vivas.
Risadas, em melodia feminil. Perfumes bailam qual mariposas, pelo ar. Música? *Bolero* de Ravel, ao fundo.
O chá em benefício. De quem? Dos pobres, é claro. Das órfãs do Perpétuo Socorro. Cada ingresso para o chá custa o que custa, e é isso aí.
Formam-se os grupos em volta das mesinhas.
Um garçom, com muita gomalina nos negros cabelos espelhados, oferece pãezinhos de queijo, que delícia, foi a sogra da Bia quem fez, ela é ótima quituteira. Minha avó também cozinhava pãezinhos, naquele tempo, para os saraus... Saraus? Há quanto tempo não ouço este nome. Tinha serenata... Pois é, aluguei aquele apartamento, pensei que servisse para a renda... O negócio, agora, é comprar. Se guardar o dinheiro, perde-se tudo. Eu tinha um porquinho, daqueles de cofre, quando menina. Eu também. O meu era cor-de-rosa.

33

Quando ficou cheio, mamãe quebrou, para me dar o trocado, a economia. Chorei por causa do porquinho.
Você sempre foi chorona, Alice. É que sou emotiva, romântica. Para mim, a parte mais importante da casa são os lençóis bordados, as toalhas de mesa... lindas estas. Adoro amarelo, sobretudo nesta época, faz verão.
O chá é servido. Açúcar, ou adoçante. Adoçante, cuidado com a linha!
Ora, eu não faço regime, enjoei. A gente acaba morrendo, gorda ou magra, dá no mesmo. Que é isso, desistiu tão cedo de lutar?
Lia agora devorava toicinhos-do-céu. Como é o nome deste doce? Toicinhos-do-céu. Que nome lindo!
Por falar em céu, tenho uma proposta a fazer, disse Antonieta, muito ruiva, cabelos em coque alto, pestanas pintadas de verde-esmeralda.
— Estou fazendo uma campanha. É coisa de doação de córneas. Vocês desculpem, amigas, mas estamos falando do céu... Tem muita gente que seria beneficiada na terra se, em vida, alguém se lembrasse, num dia de festa como o de hoje, longe da hora da morte. Trouxe os cartões. Se alguém quiser fazer a doação é só falar comigo.
Silêncio, ninguém se habilita. Mas uma senhora magra, de vestido azul-turquesa, confidencia:
— Já fiz a doação. Tenho a carteirinha na bolsa.
— Bem, eu vou ser franca: estou fazendo a campanha... mas não estou ainda preparada para doar meus olhos! — exclamou Antonieta, ficando mais ruiva, talvez por causa do rubor das faces que subia até as raízes dos tingidos cabelos.
— Você está fazendo campanha sem fazer parte?
— É que não estou ainda preparada espiritualmente. Sei lá, é coisa de foro interior. Não escondo de

vocês, acho errado de minha parte, animo todo mundo a doar, mas eu, eu não tenho coragem. Sei não: depois da morte pode existir outra vida, e eu não quero ingressar nela... cega.
— Mas se houver outra vida, Antonieta, você vai ingressar nela toda comida de vermes, minha filha!
— Nunquinha! Já avisei à minha família para encher meu caixão com inseticida. Não quero nem uma minhoquinha me comendo!
— Então, Antonieta, se houver outra vida, você não vai poder freqüentar chás. Você vai ingressar nela com uma bruta intoxicação, amor! — exclamou Lia, servindo-se de uma farta porção de papo-de-anjo.
É isso: os anjos papeavam, durante o chá, já agora das cinco horas.
— Ih, está na hora de eu voltar pra casa! Obrigada, amiga, foi ótimo.
— E as córneas?
— Prefiro, no momento, a receita do pão de queijo. Sabe, ainda não estou preparada, e o verão, este ano, promete ser lindo. Tchau! Eu telefono, você me passa a receita, está bem?
— Lógico, se a sogra da Bia contar o segredo. Ela sempre dá as receitas erradas, pra ninguém copiar.
— Que perfídia... Quem sabe ela dá as córneas?

PASSANDO A FERRO

Eu perdi a realeza
da minha raça e beleza,
assumi sem entender
que de mim eu fui roubada.
Minha coroa africana,
meu porte,
a batucada...
Em troca, com muita honra,
virei escrava?

Porque eu acho deveras ridículo. Hoje, lá pras bandas da cidade, só vendo, no meio do comício, as nega todas sambando, de vestido mal tampando as vergonhas lá delas, credo!
 Sou nega, mas nunca me dei a esse vexame! Nem eu, nem minhas filha. Minha família é pobre, mas tem orgulho.
 Imagine só: se dar ao desplante de requebrar, pra animar o comício do candidato... Já se viu? Eles vêm, antes das eleição, promete mundos e fundos... As desavergonhada ficam na frente, se requebrando todas, umas sem-compostura, é o que são!
 Eu vim de Minas. Tenho filha honradas, graças a Deus e graças ao exemplo de minha finada mãe, que era de um tempo em que não tinha dessas coisas perto de gente decente.
 Minha mãe passou muita roupa pra família de coroné. Coroné de valia e de atitude, respeito, macheza. Minha mãe lavava e passava pra dona Artemisa, a senhora esposa do coroné, todos finados, que Deus os tenha na santa glória!
 Ferro de engomar era de carvão. Nada dessas bestagens de hoje. Naquele tempo, que também peguei, ferro era de carvão e a gente se orgulhava de passar dereito, muito do bem passado. Minha finada mãe passava renda de bilro, por cima de uma almofada, que era

pra não desmerecer a delicadeza do trabaio. Hoje, as nega só quer ficar sambando na frente dos comício, pro mode fazer os candidatos ganhar as eleição. Pouca vergonha de todos: das nega, dos candidato e de quem acredita e vota!
Eu não voto. Perdi minha carteira, não voto mais. Votei uma vez, deu no que deu: os deputado mais rico, nós mais pobre.
Sou pela época antiga. Cada um conhecendo o seu lugar. Sou pobre, porém dereita, nunca patroa reclamou de mim, nem disse que tinha sumido qualquer coisa. Minha patroa é linda, muito elegante, veste do bão. Eu passo as blusa dela e ela diz:
— Cremilda, você é uma ótima passadeira!
Ganho salário mínimo, passo necessidade lá no meu barraco. Mas a patroa é ótima, até me deu uma cesta, no natal, com um quilo de feijão, um quilo de arroz, macarrão, uma lata de salsicha, biscoitos de fubá e um saco de caramelos pras crianças.
Também, eu passo necessidade, mas ninguém me vê sambando por aí, pra ganhar uns cobre dos candidato! Eu não! Uso minha saia comprida, minha blusa de algodão, tudo limpo e asseado.
Quando saí da zona, fui pro ferro de engomar, mas sempre conhecendo meu lugar. Não tenho vergonha de dizer que trabaiei na zona. Porque a zona, lá na minha cidade de Minas, não tem pouca sem-vergonhice, como aqui. Lá, é tudo no certo, no organizado, sem ficar no si-mostri. Fui da zona, mas sempre com minha saia comprida, minha blusa bem passada.
Na rua, quando eu saía do mafuá, ninguém dizia. Sempre fui limpa, cheirosa. Passo Leite de Rosas no sovaco e lavo direito tudo que é pra lavar.
Minhas filha, graças a Deus, nunca sambaram por

aí. Elas são filhas da mãe, que aquele outro nome eu não digo. Podem ser, mas com respeito. E se elas hoje fazem o serviço que eu fazia, é ali, tudo dentro da ordem e do progresso.

Porque nós somos brasileira, ganhamos salário mínimo... Aí, se a gente não roubar as patroa, se a gente é dereita, tem que se virar na vida, né?

Mas sambar pra candidato, requebrar na frente do povo? Isso nunca!

Dizem que agora tudo é democracia, não se usa mais coroné, nem ferro de carvão. As roupas são de náilon. Eu não gosto disso.

Acho que o defeito do Brasil é que aqui é tudo muito nacional!

UM GUARDA-CHUVA
NO PARQUE

Roda-Gigante,
na roda perdida,
perdi o meu rosto?
Desgosto.

Lá estava a velha: muito magrinha, com o seu guarda-chuva vermelho, num vestido de bolinhas brancas sobre fundo azul-marinho. Magrinha e velha. Será que eu já disse que ela era velha? Devo ter dito, tenho mania de repetir as coisas, como aquele animador de programas de tevê: Engraçado, coloquei dois pontos pra dizer como o animador falava, aí me deu um branco, esqueci. As bolinhas eram brancas, sobre fundo azul-marinho, mas quem olhasse ia jurar que o vestido era preto. Todas as velhinhas magras geralmente usam preto, sobretudo quando desenhadas em livros. É o óbvio.
Mas havia o guarda-chuva vermelho. Será que guarda-chuva tem hífen? Vou olhar no Aurélio.
Deu preguiça. Abri na palavra "gorduroso". Ora, isso nada tem a ver com a velha magra! Ela rodava o guarda-chuva, vermelho, insolitamente rubro, como os lábios de Marilyn.
Não chovia, mas o guarda-chuva girava sobre a cabeça da velha magra, de vestido de bolinhas, fundo azul da noite. O azul da noite era um tecido, fulgurante de falsas estrelas, sabia? Local: um parque de diversões. Onde? Qualquer lugar, contanto que...
A velha girava o guarda-chuva e sorria a sua dentadura branca sobre o fundo azul da noite e tudo piscava, inclusive a roda-gigante. Aliás, o guarda-chuva girava no mesmo ritmo, só agora que me dou conta de

45

que a velha estava está ali, e que a velha sou eu.
 Comprei o guarda-chuva vermelho por causa de uma professora (isso foi há mais de meio século) — que teve um ousado guarda-chuva grená. Naquele tempo, os guarda-chuvas todos eram negros e bem compotados. Escrevi compotados, de compota, mas você entendeu. Os erros, adoro os erros... eros... era uma vez...
 Era uma vez uma velha magrinha, de guarda-chuva escarlate, como os lábios rubros de um beijo. Era eu, ali, no parque, e a roda girava. Se eu parar de girar o meu guarda-chuva, tenho certeza absoluta de que enguiço a roda-gigante. É preciso tomar tento, girar, rodar, tal qual uma ciranda de moto-perpétuo. Meu nome é Perpétua, sabia? Acho que foi por causa deste nome que continuo viva, enquanto os outros vão morrendo, morrendo. Eu me chamo perpetuamente assim e sou eu que comando a roda-gigante, luzes brancas que piscam sobre a noite azul-marinha... ou azul-marinho?
 A menina está ali: cabelos louros, rindo, sentada na roda-gigante. Eu a olho, tomo conta, é minha neta, sabia? Linda. Eu sou a avó de Linda. Ela é eternamente, perpetuamente linda, com seus cachos enroladinhos, que parecem molas. Linda gira, por causa do meu guarda-chuva que rege a roda. Preciso girar em ritmo certo, que é para não assustar a minha linda netinha Linda, que está num grupo de crianças, mas só ela é que se destaca, nem vejo as outras, todas cinzentas, comuns. Minha neta parece uma estrela e sorri. Linda.
 Já é tarde para crianças ficarem no parque de diversões. No meu tempo, os guarda-chuvas eram negros, as crianças na cama logo depois da janta.
 A gente brincava na calçada, brincava, brincava. As mães vinham e chamavam:

— Hora do banho! O banho com sabonete cheiroso, depois o talco, o vestido engomado para jantar com a família. Tinha reza antes do jantar, minha avó era muito religiosa. Tomávamos sopa. Eu odiava sopa de macarrão, que era para engrossar as pernas. Gordura é formosura, dizia o pai, olhando para a minha magreza, apreensivo. Magra não casava, ficava para tia. Mas eu, mesmo magra, casei. Era lindo o meu marido, naquele uniforme de major do exército! Agora estou viúva... há quanto tempo? O tempo é um ponteiro que gira, preciso ficar atenta, perpetuamente comandando a roda-gigante.
    Meu Deus! Fiquei rememorando, esqueci de girar o guarda-chuva e a roda parou!
    Onde está minha neta? Onde? Onde?
    Novas pessoas estão embarcando... Fecho o guarda-chuva e corro, procurando sua cabecinha de cachos.
    É noite. É tão difícil achar uma criança, santo Deus, é noite e vejo, ali no fundo, o trem-fantasma, com seus anúncios de caveiras requebrantes.
    Sou velha e magra, mas ainda não sou caveira, se não encontrar minha neta, vou ter um ataque do coração, sinto as palpitações me impedindo de respirar direito e grito:
    — Linda! Linda!
    Tropeço sobre o guarda-chuva e caio. A senhora está bem? Estou mal, perdi minha neta, seu guarda, minha neta neste parque, ela é loura, veja o retrato dela, procure-a, pelo amor de Deus!
    Alto-falantes chamam por Linda. Perpétua, eu, quase desfalecida de horror e medo. Pegaram meu endereço, uma criança sumiu, vão telefonar para a minha filha... onde está o meu guarda-chuva? Perdi minha

47

sombrinha vermelha, seu guarda... chuva... lindamente perpétua é a imagem da fotografia da menina, de cachos louros.

    Minha filha chega, apressada, chamada pelo telefonema.

    — Filha, perdi... perdi...

    — Ela perdeu a netinha loura, a menina desta foto, ela estava na roda-gigante.

    Minha filha olha o retrato, abana a cabeça e diz:

    — Ela não tem neta. O retrato é dela, da minha velha, quando menina.

    Silêncio. Todos me olham.

    — Mas eu era linda, gente! Eu me perdi, eu me procuro, entendem? Esta velha magra não sou eu: eu tenho cachos louros, estava na roda do tempo... mas me distraí. Vocês viram meu guarda-chuva?